GUÍA DE LECTURA

Escrita por Dominique Coutant-Defer
Traducida por Laura Soler Pinson

El castillo de los Cárpatos

de Julio Verne

Entiende fácilmente la literatura con

Resumen
Express.com

www.resumenexpress.com

JULIO VERNE

NOVELISTA FRANCÉS

- **Nacido en 1828 en Nantes (Francia)**
- **Fallecido en 1905 en Amiens (Francia)**
- **Algunas de sus obras:**
  - *Viaje al centro de la tierra* (1864), novela
  - *La vuelta al mundo en 80 días* (1873), novela
  - *La isla misteriosa* (1874), novela

Julio Verne, nacido en Nantes en 1828, empieza a estudiar Derecho, y a partir de 1852, publica una obra de teatro y algunos cuentos. Entabla amistad con el aventurero Jacques Arago (autor y explorador francés) y conoce a exploradores y científicos. Su primera novela, *Cinco semanas en globo* (1863), cosecha un éxito enorme. Este libro marca el inicio de los *Viajes extraordinarios*, que se componen de 78 cuentos y de 65 novelas, entre los que encontramos *Viaje al centro de la tierra* (1864), *Veinte mil leguas de viaje submarino* (1869), *La vuelta al mundo en 80 días* (1873), *La isla misteriosa* (1874), *Miguel Strogoff* (1876), etc. Estas obras, que tienen una excelente base documentada, mezclan aventuras, anticipación e imaginación, y reflejan el interés que el autor muestra por los avances tecnológicos de su época y por los viajes.

En 1886, muere su editor y amigo Jules Hetzel; además, declina su interés por la ciencia. Ambas cosas marcan un punto y aparte en su carrera. Muere en Amiens en 1905. Hoy en día, es uno de los autores de lengua francesa más traducidos a nivel mundial.

EL CASTILLO DE LOS CÁRPATOS

UNA NOVELA CON UN UNIVERSO EXCÉNTRICO

- **Género:** novela de aventuras
- **Edición de referencia:** Verne, Julio. 2013. *El castillo de los Cárpatos*. Ediciones Epublibre, colección *Biblioteca del Terror*. E-book en epub
- **Primera edición:** 1892
- **Temáticas:** superstición, venganza, sobrenatural, celos, maquinación

La novela *El castillo de los Cárpatos*, publicada en 1892 primero en folletines, se desarrolla en la misteriosa región de Transilvania, en Rumanía, y narra la historia de un castillo abandonado donde, de repente, suceden fenómenos extraños que causan el terror de los supersticiosos habitantes de los alrededores. Pero lo que parecen apariciones, luces y voces extrañas no son más que el fruto de una oscura maquinación orquestada por el propietario del castillo para vengarse de un hombre que en el pasado le arrebató la mujer a la que amaba.

RESUMEN

CAPÍTULO 1

En Transilvania, en el minúsculo y alegre pueblo de Werst, el viejo pastor Frik, considerado como «un evocador de apariciones fantásticas» (Verne 2013, 14), constata que sale humo de una chimenea del antiguo castillo de los Cárpatos, que lleva años abandonado.

CAPÍTULO 2

El autor cuenta la historia de este castillo medieval con una «situación excepcionalmente hermosa» (Verne 2013, 22). En el siglo XIX, su último propietario, el barón de Grotz, lo abandona definitivamente y se convierte entonces en un objeto de superstición para los habitantes de los alrededores.

El pastor Frik difunde la noticia en el pueblo.

CAPÍTULO 3

Werst está administrado por el maese Koltz. Es viudo y rico, y vive con su hija, la bella Miriota, que se va a casar en breve con el guardabosques Nicolás Deck. Los otros notables son el maestro de escuela Hermod y el médico Patak, un «hombre despreocupado» (Verne 2013, 64) a quien, a pesar de reírse de las supersticiones, le da miedo acercarse al misterioso castillo de los Cárpatos.

CAPÍTULO 4

Todo el pueblo está ya al tanto de que la chimenea del castillo expulsa humo. Frik asegura que es el *Chort* (el diablo) el que ha encendido el fuego, y «aquella ignorante población» (Verne 2013, 34) acepta enseguida esta historia. El recelo que despierta el castillo ahora viene acompañado de terror. Se organiza entonces una reunión en el albergue de Jonás, el judío, en la que se decide que hay que dirigirse hacia el castillo para resolver el misterio. Como ningún habitante se atreve a aventurarse, Nicolás Deck, que lleva soñando con ir allí desde hace tiempo, propone ir con el doctor. Entonces, una voz desconocida, que no se sabe de dónde sale, se eleva y le augura desgracias a Nicolás si va al castillo.

CAPÍTULO 5

Al día siguiente, Nicolás se pone en camino tras haber prometido a Miriota que volverá antes del anochecer. Lo acompaña el doctor, que va a regañadientes y que solo desea una cosa durante todo el camino: volver atrás. Tras un día agotador, ven a lo lejos el edificio en ruinas, pero Nicolás debe renunciar a pasar la noche allí como le gustaría (ha olvidado su promesa), puesto que el puente levadizo está alzado.

CAPÍTULO 6

Los dos hombres se instalan fuera para pasar la noche. El doctor piensa aterrado que es martes, el día de los maleficios y «[cree] ver —¡no!, ¡vio realmente!— formas extrañas, iluminadas por una claridad espectral» (Verne 2013, 54). Entonces, empieza a sonar la campana de alarma y del torreón sale un destello intenso. Nicolás, aunque está aterrorizado, quiere continuar la aventura. Por la mañana, todo vuelve a la calma e intenta entrar en el castillo a través de una aspillera. Por su parte, el doctor no quiere seguirle y desea volver al pueblo. Pero, repentinamente, este último se encuentra pegado al suelo, mientras que su compañero es expelido hacia atrás con contundencia y se desmaya pensando en la predicción que escuchó en el albergue.

CAPÍTULO 7

Todo el pueblo está muy preocupado, sobre todo Miriota. Tres hombres, Koltz, Jonás y Frik, deciden ir a buscar a los dos desaparecidos y logran traerlos de vuelta. Ambos están conmocionados. El doctor narra su increíble aventura y explica cómo han logrado regresar hacia el pueblo, después de que, de repente, pudiera caminar de nuevo y curase a Nicolás.

CAPÍTULO 8

«De esta deplorable tentativa, había que deducir la prohibición formal de tratar de introducirse en el castillo de los Cárpatos» (Verne 2013, 68), deciden los habitantes que ahora creen ver escenas sobrenaturales todo el día. Dos viajeros, el elegante conde de Telek y su soldado Rotzko, se instalan en el albergue y se sorprenden por el extraño ambiente que reina en el pueblo. Koltz revela a regañadientes la existencia del castillo y cuenta los últimos acontecimientos.

El conde, como hombre de razón, se niega a creérselos, y sugiere que se envíe a la policía al castillo. Sin embargo, cuando se entera del nombre del último propietario del lugar, está profundamente conmovido.

CAPÍTULO 9

Efectivamente, cinco años atrás, en un viaje a Nápoles, se enamora de una cantante de ópera, la Stilla, que acepta casarse con él. Pero la joven en ese momento también tiene otro admirador asiduo, el barón de Grotz. Este perturba de tal manera a la cantante que ella decide no volver a pisar un escenario. Mientras se despide del público, ve a Grotz en un palco, el espanto la paraliza y muere de miedo. El conde de Telek está desesperado. Además, el joven recibe a continuación una carta de Grotz en la que le acusa de la muerte de la Stilla y lo maldice. El conde, inconsolable, vuelve a su región natal y se aísla durante cinco años en su castillo antes de iniciar un periplo turístico a través del país.

CAPÍTULO 10

El conde conoce a Nicolás, que está convencido de haberse enfrentado en el castillo a genios malvados, mientras que Telek tiende a pensar que más bien se trata de una maquinación humana. Cuando Nicolás evoca la misteriosa desaparición del barón de Grotz veinte años antes, los dos hombres concuerdan en que quizás ha regresado. Por la noche, mientras se está durmiendo, Telek cree escuchar la voz de la Stilla cantándole al oído.

CAPÍTULO 11

Al día siguiente, decide ir al castillo. Cree ver a la Stilla en una forma femenina que camina sobre las murallas y grita: «¡Ella!... ¡Ella..., viva!» (Verne 2013, 100).

CAPÍTULO 12

Telek, que manda de vuelta a su soldado, quiere volver a entrar en el castillo y llevarse a la Stilla: cree que el barón de Grotz la tiene prisionera. Ve un destello en el torreón y lo interpreta como una señal de la Stilla, así que se precipita hacia el puente levadizo, que está bajado y que vuelve a alzarse justo detrás de él.

CAPÍTULO 13

En la oscuridad y en el silencio, el conde se pierde en el castillo laberíntico. Ve una luz, que cree que emana de la Stilla y que lo guía hacia una cripta, donde hay comida preparada. Agotado, se abalanza sobre una cama y se duerme. Cuando despierta, se da cuenta de que alguien ha cambiado la comida. Escucha la voz de la Stilla detrás de la puerta cerrada con llave y grita, en vano, para que le abra.

CAPÍTULO 14

Tras varias horas, consigue escaparse tallando la madera podrida de la puerta con su cuchillo. Vaga por los pasillos y llega a la entrada de una capilla en la que no puede entrar y donde escucha a Grotz y a su inseparable amigo Orfanik, que ya lo acompañaba en Nápoles.

CAPÍTULO 15

Orfanik, apasionado de la electricidad, ha instalado una línea telefónica entre el castillo y el albergue del pueblo. Así, el barón puede saber todo lo que pasa. Está al corriente de la llegada de visitas molestas que pueden menoscabar su tranquilidad (en particular, Nicolás y el doctor) y de la de Telek, de quien Grotz sueña con vengarse. Por eso, monta una maquinaria con el objetivo de aterrorizarles a través de la voz amenazante que escucha Nicolás en el albergue o la de la Stilla, a través de proyecciones de llamas y de siluetas que, en realidad, eran fotografías proyectadas sobre los muros, etc. Grotz y Orfanik se acaban de enterar de que Rotzko ha avisado a la policía, que está en camino, y colocan dinamita en la entrada del castillo. Orfanik huye antes de la explosión, pero el barón se queda porque quiere escuchar una última vez la voz de la Stilla antes de abandonar el castillo. Los dos hombres abandonan la capilla.

CAPÍTULO 16

Telek empieza a derribar el muro de la capilla para encontrarlos. Llega a una terraza, desde donde ve llegar a su soldado y a la policía. A continuación, entra en la habitación de Grotz y lo espía cuando está escuchando a la Stilla, que canta sobre un estrado. En realidad, no se trata más que de un espejo que refleja la efigie de la cantante. Telek lo rompe durante la lucha que entabla con el barón. Rotzko entra en la cámara y dispara apuntando a Grotz, pero le da a una caja que se encuentra sobre la mesa. «¡Me han roto su voz!» (Verne 2013, 126), gime el barón mientras huye y activa los explosivos. Una parte del castillo se derrumba.

CAPÍTULO 17

Hallan el cadáver de Grotz bajo los escombros. Telek, que ha perdido la razón, canturrea en el torreón.

CAPÍTULO 18

Orfanik, al que Rotzko ha reconocido en el pueblo, es arrestado. Explica con detalle todos sus inventos ante el tribunal. Relata en particular cómo logra grabar la voz de la Stilla, que se difunde en el albergue y que está destinada a atraer al conde hacia el castillo, más tarde hacia la cripta y, ya para acabar, hacia la habitación de Grotz. El conde recobra la razón y Orfanik le da las grabaciones de la Stilla. A pesar de que los misterios se dilucidan, esto no impide que en el pueblo perduren las supersticiones.

ESTUDIO DE LOS PERSONAJES

EL CONDE DE TELEK

El conde de Telek tiene 32 años. Es alto, y tiene «fisonomía un poco triste, pero altiva»: «su aspecto era el de un gentilhombre» (Verne 2013, 69), añade el narrador. Procede de Rumanía, pero ha realizado varias estancias en otros países. Conoce en Nápoles a la Stilla, una cantante de ópera con quien debía casarse, pero que muere súbitamente de miedo a causa del barón de Grotz. No duda en afrontar el terrible castillo, convencido de que su prometida no está muerta y que el aterrador barón la tiene retenida como prisionera allí.

EL BARÓN DE GROTZ

Grotz es el propietario de un castillo, el de los Cárpatos, que abandonó hace muchos años. Es un hombre de unos 50 años, con «una cabeza extraña, de largos cabellos entrecanos, de ojos ardientes» (Verne 2013, 84), siempre acompañado por el misterioso Orfanik. Loco por la Stilla, la sigue en todas sus giras, pero su presencia atemoriza hasta tal punto a la cantante que esta muere en el escenario. Cuando el barón vuelve a su castillo, se encierra con la efigie y con las grabaciones de la cantante. Tras la muerte de la Stilla, intenta por todos los medios suprimir a Telek, a quien acusa de la muerte de su ídolo.

NICOLÁS DECK

Nicolás Deck, apodado «Nic», es un «bizarro tipo rumano»

(Verne 2013, 22), comprometido con la bella Miriota. Es de constitución vigorosa y es guardabosques en el pueblo de Werst. Es valiente, y es el primero que se atreve a ir al castillo para arrojar algo de luz sobre los extraños fenómenos que se producen allí. Como fracasa en su intento de entrar, acaba por unirse a la versión supersticiosa de los habitantes del pueblo.

EL DOCTOR PATAK

El doctor hace «de modo ostensible una medicina elemental» (Verne 2013, 32). Tiene 45 años y es un hombre bajo y gordo. Se jacta de no creerse las tonterías de los habitantes, quienes lo obligan a acompañar a Nicolás en la primera expedición al castillo. Sin embargo, esta aventura lo aterroriza, por lo que no deja de suplicar a Nicolás que rehagan el camino de vuelta con excusas variadas.

CLAVES DE LECTURA

ESQUEMA ACTANCIAL

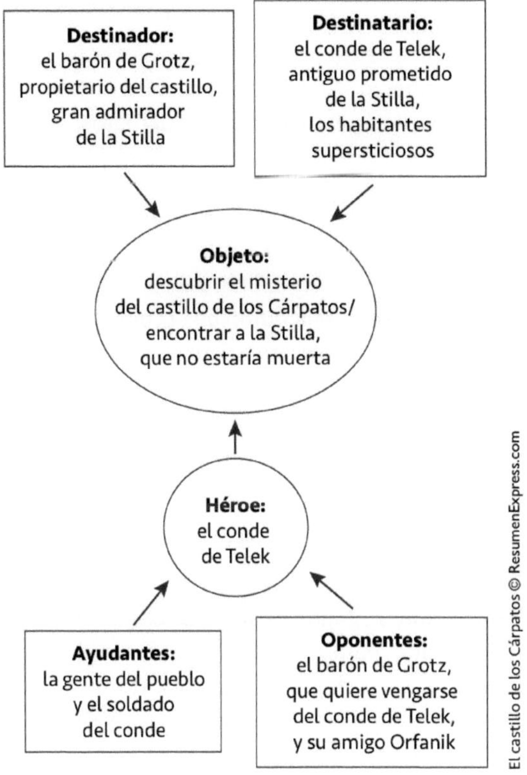

El castillo de los Cárpatos © ResumenExpress.com

ESQUEMA NARRATIVO

Situación inicial: es el inicio de la historia, el momento en el que se pone en contexto y en el que se nos presenta a los personajes. La situación es equilibrada, es decir, no tiene razón alguna para evolucionar.

- Werst, un pueblo de Transilvania, vive con un miedo supersticioso hacia el castillo de los Cárpatos.

Elemento perturbador: es un acontecimiento que perturba la situación inicial y que desencadena la historia propiamente dicha.

- El pastor Frik ve que sale humo de la chimenea del castillo, que lleva años abandonado.

Peripecias: son los acontecimientos provocados por el elemento perturbador y que desencadenan la o las acciones del héroe para resolver el problema.

- La noticia da la vuelta al pueblo y alimenta los temores de los habitantes, que creen enfrentarse a fenómenos sobrenaturales. El guardabosques Deck y el doctor Patak van al castillo para comprobar qué sucede. Vuelven espantados. El conde de Telek, que está de paso en el pueblo, se entera de los acontecimientos y se dirige a su vez al castillo, convencido de que el antiguo propietario, Grotz, ha vuelto y tiene retenida a su antigua prometida que creía muerta. Telek descubre que el barón vive en el recuerdo de la joven y que activa extrañas máquinas para espantar a los visitantes.

Desenlace: pone fin a las peripecias y lleva a la situación final.

- El barón muere al dinamitar el castillo, y Telek descubre la efigie y las grabaciones de la Stilla con las que pensaba que estaba todavía viva.

Situación final: es el final de la historia. La situación es estable otra vez, como la situación inicial, pero ha sufrido cambios.

- Telek recupera las grabaciones de la voz de la Stilla.

UNA NOVELA DE AVENTURAS

El género literario de la novela de aventuras, al que pertenece *El castillo de los Cárpatos*, nace en la segunda mitad del siglo XIX, bajo el influjo de novelas como *Robinson Crusoe*, de Daniel Defoe (1719). La producción de estas obras se da esencialmente en Inglaterra, con autores como Joseph Conrad (*Lord Jim*, 1900) o Robert Louis Stevenson (*La isla del tesoro*, 1883), y en Francia con Alejandro Dumas padre (*Los tres mosqueteros*, 1844; *El conde de Montecristo*, 1845) o Julio Verne. Se trata de una literatura popular, que se publica a menudo en folletines en los periódicos, y que tiene como objetivo principal la distracción y la evasión del lector.

La novela de aventuras se caracteriza por los siguientes elementos, que encontramos también en la obra que analizamos en este artículo:

- presenta una gran cantidad de peripecias rocambolescas. En *El castillo de los Cárpatos*, podemos citar, por ejemplo, las visitas accidentadas de Nicolás y del doctor al castillo, y las de Telek y de su soldado, la curiosa muerte de la cantante de ópera la Stilla y el periplo poblado de trampas del conde en los laberintos del castillo maldito al final de la novela;
- el suspense se mantiene constantemente para suscitar el interés del lector, gracias a una multitud de giros, sin tener en cuenta a veces la realidad. De hecho, Julio Verne avisa al lector de la aparente inverosimilitud de su novela ya en las primeras líneas del relato y defiende su texto: «Vivimos en una época en la que todo ocurre» (Verne

2013, 12);

- hace referencia a una realidad exótica. La acción de la novela se sitúa en la misteriosa región de los Cárpatos, en Transilvania, región de vampiros y de demonios, y donde la superstición popular está todavía muy presente. De hecho, el autor se da el gusto de darle un tono fantástico a las descripciones del castillo. Esas regiones alejadas y salvajes se oponen a la civilización y a la tecnología modernas que Julio Verne describe con precisión al final de la novela, con la intervención de Orfanik, que explica su maquinaria: teléfono, grabaciones de voz de la Stilla, sirenas, etc.;
- encontramos personajes tipo con una psicología a menudo superficial. Los protagonistas principales están fuertemente caracterizados: el conde de Telek es bello y romántico, el barón de Grotz está atormentado e inspira miedo, Orfanik tiene las características del aprendiz de brujo y la Stilla representa a la mujer fatal;
- presenta un mundo maniqueo. Distinguimos claramente en *El castillo de los Cárpatos* una oposición entre buenos y malos. Nicolás, el doctor, Telek y la Stilla por una parte, y Grotz y Orfanik por la otra;
- para acabar, el público al que está destinado este tipo de libro es principalmente el adolescente. El mundo maniqueo de las novelas de aventuras explica quizás la baja edad de la mayoría de los lectores del género: todos se ven seducidos por estos héroes positivos, el conde de Telek, por ejemplo, y pueden identificarse con ellos fácilmente.

Así, *El castillo de los Cárpatos* entra en la definición que ofrece R. L. Stevenson de la novela de aventuras: «Una puesta en escena de los sueños de cualquier niño».

¡Su opinión nos interesa!
¡Deje un comentario en la página web de su librería en línea,
y comparta sus favoritos en las redes sociales!

PARA IR MÁS ALLÁ

EDICIÓN DE REFERENCIA

- Verne, Julio. 2013. *El castillo de los Cárpatos*. Ediciones Epublibre, colección *Biblioteca del Terror*. E-book en epub.

EN RESUMENEXPRESS.COM

- Guía de lectura de *La vuelta al mundo en 80 días* de Julio Verne.
- Guía de lectura de *Miguel Strogoff* de Julio Verne.
- Guía de lectura de *Veinte mil leguas de viaje submarino* de Julio Verne.
- Guía de lectura de *Viaje al centro de la Tierra* de Julio Verne.
- Guía de lectura de *Dos años de vacaciones* de Julio Verne.